김연숙 제3시집

산수유 빛 그리움의 얼굴을 닦으며

김연숙 지음

새로운 세상의 숲
신세림출판사

시인 **김연숙**

캐나다 토론토에서 활동

문집 :「풋냄이의 딸」(2015)

*문집「풋냄이의 딸」은 용인동백도서관에 영구 소장되어 있음.

시집 :「옥색 치마저고리」(2017)

「산수유 빛 그리움의 얼굴을 닦으며」(2021)

산수유 빛 그리움의 얼굴을 닦으며

김연숙 제3시집

작가의 말

원고를 보내 놓고 나니 글을 쓸 때보다 더 두근두근해져서 잠을 이루지 못하고 밤을 꼬박 새우며 나사가 빠져나간 듯 뭔가 아쉬움에서 헤어나지 못하고 동그마니 서서 서성거린다.

특히, 이번에는 세상이 심난하여 많은 사람들이 긴 이야기를 부담스러워 할 것 같은 생각에 글을 절제하다 보니 안타까움이 발목을 잡는다.

그래도 이렇게 글을 쓰는 가장 중요한 이유는 우리 아들을 위한 것이다.

아들이 나처럼 나이 먹어서 뭔가를 해야 할 때 내 글을 번역하는 과정에서 우리가 함께했던 모든 추억과 내면의 소리에 귀 기울이며 내 마음과 우리 아들의 마음이 만나 새로운 작품을 이루었으면 하는 그런 간절한 마음으로 글을 쓰고 또 써본다.

비록 엄마와 아들 사이지만 우리 아들은 항상 나의 멘토였으며, 나의 영원한 연인이기도 하다.

2021년 1월 17일

Toronto에서 **김연숙**

차례

제2부

차례

제3부

제4부

제1부

가을·1

은행잎이 살아온 세월 고스란히 안고 떨어져
노랗게 뒹구는 날을 나는 가을이라고 말한다.
너의 아픔이 부르르 떨면서 몸서리치며
가슴에 와 녹으면 가을이다.

"시몬 낙엽 밟는 소리가 들리는가…"
누구나 아는 이 시구가 문득 옹알이처럼 입가에 맴돌면
나는 또 가을이라고 말한다.
흔들리는 바람 따라 멀어지는 너의 뒷모습이
어슴푸레 따라오면 아, 가을이다.

꽁꽁, 숨겨 놓은 외로움이
휑한 하늘가에 흩어지면
오, 슬픈 가을이라고 말한다.
내가 받았던 상처가 부서지며 밟히며
아주, 멀리멀리 날아가면 참 가을이다.

가을·2

더할 수 없는 아쉬움을 안고
시분다분 토막잠을 자는 동안 바람에 실려 가을은 내게 왔다.
산책길에서 가을 냄새가 여름의 끝자락을 움켜쥐고
이 모양 저 모양으로 채인다.
낙엽에 소소히 숨어 있는 애절한 말들이
휘몰아치는 바람에 설레게 했는지
노을빛 꽈리를 가득 안고 마음의 향기 폴폴 날리며
유리창 한가득 담겨있다.
코스모스가 다 지기도 전에
언제든 떠나야 하는 가을이 유리창에 이별 엽서를 쓴다.

가을·3

달빛 시던 밤하늘에
소슬잎 빗물과 한바탕 흐느끼고 나면
뜰 안에 퍼지는 달빛을 보며
자글자글 모여든 단풍잎이 까르르 흩어지고 나부끼니
알록달록한 가을이 익었네.

소년·1

운전하던 중 뚱딴지같이
엄마가 좋아하시던 '미소라히바리'가 떠올라
눈시울 적셔 와 시선을 돌리는 순간,
찬바람 속 건널목에 오롯이 서 있는
양 볼이 빨간 소년 때문에 마음 울컥해진다.
외로움인가, 그리움인가.
애틋한 마음만 요리조리 날리고 있다.
가슴까지 차오르는 울림을 감당할 수 없어
차라리 스쳐 간 소년의 빨간 볼에
보고픔을 매달아 간절히 불러 본다.
엄마~

소년·2

악수하려고 장갑을 벗으며 살며시 내미는 손에서
여릿한 소년의 감성이 묻어나온다.
자기가 좋아하는 호수를 함께 공감하지 못한다고
고개를 갸우뚱거리는 모습에서도 무구한 눈동자가 흔들린다.
나귀를 자처하며 먼 길을 떠나는 기쁨 가득 찬 발걸음에도
왠지 모를 외로움이 서리서리 깔려있다.
이념 따위는 관심 없고 마음 밭에 뿌려 놓은 말씀이 꽃을 피우니
순전한 눈망울 찾아 나귀에 매어 놓은 방울 소리에
장단 맞춰 "할렐루야" 외치며 길을 떠난다.

부부·1

나와 같을 것이다.
획일적 적용만을 강요하지 차이를 인정하지 않았다.
어울림의 반대로 서로서로 옳다고 믿으며 살아왔다.
얼마나 힘들었겠는가.
뼛골에서 찬바람이 인다.
성장통에서 얻은 용서,
성장통에서 얻은 희망,
등에 업고 산 울타리 지나서
졸졸졸 흐르는 냇물을 건너
이제는 옷고름 입에 물고
정겹게 다소곳이 숙이자.

'줄로 재어 준 이 자리'가 축복의 자리임을 깨닫고
'내 잔이 넘치나이다.' 감사 기도하며 살아가자.

부부·2

더 자꾸만 꿈꾸던 자운영 깔린 시절,
가까이 있으면서도 등만 보아왔던 시절.
품 밖으로 떠돌던 허허벌판의 시절,
아픔을 함께했고 절망을 함께했고
다정도 지나쳐서 싸우기도 했다만
운무에 마음 싣고 유랑하다 보니
눈 맞추며 웃는 모습 때론 설레여서 고맙네.

그리움·1

석양을 담은 돌담을 바라보면
마음속 깊은 곳에서 그리움이 시리도록
아름다운 흔들림과 함께 저녁노을이 되어 타오른다.
멀리멀리 마실 나갔던 마음도
부르지 않아도 살며시 돌아와 석양빛에 녹아들어 꿈을 꾼다.
그리움과 그리움이 뒤엉켜 노래한다.
베를 짠다.

그리움·2

말을 삼키니 돌멩이 되어
목울대에 걸터앉아 울음도 막아버리고
마음이 추워서 고드름 되니
꿈도 못 꾸고 꿈길조차 없네.

납덩이 같은 답답함이 용광로 속에서 미친 듯
활활 타오르니 불꽃에 화상 입어도
얼음에 마음 담궈 놓아도
되살아나는 징한 그리움이여.

제야(除夜)

아득히 멀어져 갈
이 밤이 가고 나면
날마다 떠오르는 태양도
새삼 두근거림으로 맞이하는
특별한 내일을 기다린다.

그리운 나에게
우리 모두에게
또다시 꿈과 희망을
얼얼한 가슴에 안고
하루하루를 살아갈
복된 한 해가 되기를
간절히 발돋움한다.

2021 신축년

기다리던 2021 신축년에는
은하철도 999를 타자.
철이와 메텔되어
신비로운 우주를 유영하듯 날아가
꿈속에서도 꿈을 꾸고
무지개에서 약속 보며
우리가 희망 안고
기계 인간 벗어 버리고
너와 나의 참모습 찾아
그리운 기적 소리와 함께
은하철도 999를 타자.

피리 소리

양지바른 무덤 위로 꿈을 꾸듯
살곰살곰 넘어간 피리 소리가
오선지 위에 걸터앉아
개기월식 밤하늘에
여위어 가는 달을 보며
올 것 같은 임의 길목에서
무명초가 되어 귀 기울인다.
살곰살곰 다가올 피리 소리를.

바람·1

더할 수 없는 바람 축제
창밖에 걸어둔 빈 이야기
춤추듯 마구 흔들거린다.

거스를 수 없는 운명처럼
빈 들판 외로운 허수아비
허재비 되어 헐렁거린다.

바람이 바람인가 둘러봐도
나뭇잎들만 소리 내어 통곡한다.
바람은 없는데 내 마음만 있다.

삐침

뒤에 다달아서 갈테니
설렁설렁 묻혀 가기를
간절한 마음 보내봐도

치맛자락 꽉 움켜 쥐고
걷는 맵시가 말도 없이
가는게 내굿이 틀리네.

누군가가 그려놓은
그자리 찾아가면서
힐끔거린 옆동에는
화려한 샹들리에가
반짝반짝 빛이나네.

단어

종일토록 진땀 흘려
찾고, 찾고, 또 찾았어도
눈에 잘 띄지 않던 물건이
가까운 곳에서 까꿍~ 한다.
단어도, 내 마음도, 그렇다
맴돌다가도 어느 한순간에 까꿍~ 한다.
순간 놓쳐버리면
돌아서기도 전에
작별 인사도 없이 나락에 떨어진다.
잃어버린 너 때문에
아쉬움에 목 메이고
그리움에 한숨 쉬고 답답함에 미쳐 간다.

세월·1

한참을 생각했네.
한없이 생각했네.
돌고 돌아 생각이
나에게 다시 오네.
녹슨 대접 속에 빛바랜 은수저
물끄러미 멍청하게 바라보며
새삼스럽게 달력을 찾고 있네.
홀쩍 떠나가버린 너에게 무안해서
꽃단장해가며 해맞이했건만
보람도 없이 스르르 가버리네.
숨바꼭질하는 것도 힘들고
안 하면 아주 영 숨어버리고 마네.
나는 여기 없어. 나는 어디에?

생명

누군가 한 살림 차렸을 것 같은
큰 구멍 뚫린 나무에 여린 싹이 물정 모르고
빼꼼히 나와 있다.
모양새로 보아 화석으로 굳어있을 것 같은
노목(老木)에 웬 싹인가
놀란 눈으로 말끔히 쳐다본다.
바람 휘날려 새 생명을 주었나.
희망 매달아 그 꿈들이 싹텄나.
머리 굴리며 한참을 생각하는 나,
씩씩하게 고개 내민
연둣빛 봉오리를 보며
살짝궁 애교를 부려도
가슴만 설렐 뿐
마음만 들뜰 뿐
생명은 신비하고 오묘하다.

무녀(巫女)

싸리비가 쌀쌀하게
유리창에 부딪힌 뒤
주루룩 흘러내린다.

내 마음에 덕지덕지
붙어 있는 어리석음
칼끝에서 춤을 춘다.

현란한 몸짓과 화려한 옷으로 정신을 쏙 뺀다.
잊으라고, 잊으라고,
떠나라고, 떠나라고,
죽으라고, 죽으라고.

오해

오해는 선택이다.
오셀로가 그랬던 것처럼
버선목을 뒤집어도 소용없다.
질투에 눈이 뒤집힌 것처럼
제가 누군지 모르는 게 문제다.
소크라테스의 말처럼
받아들이는 사람의 몫이다.
역사는 받아들이는 자의 몫인 것처럼
진실이 진실을 이기지 못한다.
99%의 진실이 1%의 거짓을 이기지 못 하는 것처럼
그 맛이 솔찬하다.
오해에서 빚어진 쓴맛이.

후회

마음속 무거운 쇳덩이가
심장에서 팔딱팔딱 뛴다
어리석음에 대한 후회로
나를 향한 매질이 춤춘다.
쥐어짜는 고통과 힘듦
잠 못 이루는 안타까움
후회가 후회를 자꾸 불러서
빨랫감 삼아 방망이질한다.

외로움

햇빛에 꽃잎 부서지고
흩날리는 마음 조각이 오롯이 한곳에 모이니
행여나 나를 알랑가, 모를랑가.
숭덩숭덩 담은 꽃가루와 함께
콩고물 가득한 꿈속으로
퐁당 잠기고 싶어라.
그렇지만 나를 알랑가, 모를랑가….

제2부

냄새

힘에 부치는 무기는 내려놓고
한숨 쉬는 숨에서 새어난 냄새.
수국이 몇 번씩 옷을 갈아입고
새초롬히 따라나선 꽃빛 냄새.
봄 냄새, 여름 냄새, 가을 냄새.
그리고 모두가 잠든 겨울 냄새.
수정 같은 영혼을 나누면서
정 담은 마음으로 맡으리라.

화장

밤새워 보초 섰던 파도는
하얀 발자국만 남겨 놓고
모래밭 속으로 휘잉 가니
빨간 해가 상큼 인사하네.
호수도 반짝반짝
모래도 반짝반짝
마음도 반짝반짝
빛나는 화장하네.

세월·2

어깨 위에 따스한 봄볕이
무거웁게 느껴진다는 건
청록색 깃발을 앞세운
여름이 달려왔다는 것.
이토록 세월은
빨리도 가건만
흔들리는 바람 따라
그림자와 춤을 추며
허공 중에 떠도는
철없는 마음이여

삶

고요한 달빛 아래 선명하고 청청한
서러운 그림자가 손사래 치며 온다.
하얀 시트로 덮어쓴 알 수 없는 내 마음은
차가운 침대 위에서 반듯하게 누워있다.
살얼음판에서 조심조심
오슬오슬 살고 있던 삶을
잡을 수 없는 끝자락에서 아이쿠! 하며 보내 버렸다.

온도

둘 사이의 온도차로
눈구름이 형성되어 눈이 펄펄 날아가네.
둘 사이의 온도차로
높고 낮은 가을 산이 울긋불긋 제 멋이네.
둘 사이의 온도차로
꿈길에서 엇갈리니 아쉬움에 꼬빡 새네.

팔 첩 반상기

짚을 둘둘 말아 연탄재에 묻혀
팔이 빠지도록 빡빡 문질러서
반짝반짝 빛난 팔첩 반상기에
무지개 채우고 남은 그릇에는
흰 구름 한가득 담아놓으리라.
꿈꾸는 나를 위해,
꿈속의 너를 위해.

산수유

오늘은 하루 동안
산수유 후려 치는
장다리 막대 되어

마음 꼭대기에
대롱대롱 달린
허구한 사연을

사정 없이 후려쳐
핏물 같은 아픔도
꿈 같은 달콤함도

버무려 버무리니
가을의 내음 되어
산수유 떨어지 듯

루비되어 루비되어.
사방팔방 흩어지네.
정처없이 흩날리네.

횡설수설

감동이란 마음마음이
함께하는 꼭짓점이네.

모두 다중성을 갖고
칠면조로 살아 가네.

사랑의 이중성은
아주 보편적이네.

잘 나가도 밉상이고
못 나가도 시시하네.

소설 몇권쯤 써야만
인생 여정이 끝나네.

추석

쌀쌀한 기운이 함께하는 아침
포도향 추석이 성큼 다가온다.
부모님의 모습 파도 되어 오고
사무친 마음은 그리움 되었네
갈 수 없음에, 볼 수 없음에
추석은 노란 슬픔의 절구통.
동그라미 맴도는 안타까움.

호미곶

문지방 하나 건너니 저림이
또 하나 건너보니 아림이
가슴 속을 파고든다.
달래 볼 생각도 없이
마냥 서러워하다가
생솔가지 냄새나는 호미곶에 걸터앉아
뜨는 해와 지는 해를 하염없이 바라보네.

바람·2

바람과 바람이 으르렁거리면
나 홀로 묵혀둔 지난날의 그리움들이
살갗 위에서 춤을 춘다
하늘 향해 솟아오른다.

인생의 겨울

누구나 만든 인생의 겨울에서.

무엇엔가 홀려
흔들렸던 삶을
보냄으로 인해

지난 세월 정리하고
모였다가 흩어 지는
냉한 우리의 관계도

나를 버린 긴 세월도
몸에 꽉 박힌 눈총도
하나 하나 뽑아 내어

넘실 춤추는 강물에
저만치 던져 버리자
포르르 날려 버리자

짜르르 달고 있는 마음속
불평불만도 모두 다 함께
지난 자리 속에 묻어두자.

누구나 같은 인생의 겨울에서.

누구나 같은 인생의 겨울에서.

아쉬움

스르르 스쳐간 누군가가 눈 빠져라 그리운 이 시간.
이 모습 저 모양을 헤집어 봐도
보이는 것은 오로지 흔들림 뿐.
퍼즐조각 모아 보니 슬그머니 떠나 버린
아쉬움이었네. 그리움이었네.

파랑

뙤약볕이 꽃잎들과
사정없이 불태울 때
숨소리도 버거워 차가운
눈밭 위를 맨발로 걸으니
눈 속에 갇혀 있던 사연들
소리 내어 아우성이구나
사랑할 수 있는 모든 것.
미워할 수 있는 모든 것.
감당키 어려워 시선을 떨구니
손등의 실핏줄들이
파랑 강물로 흐른다.
두근거림으로 파랗게 흐른다.

봄

촉촉한 숲속에 이끼 내음 같은 청량감이 있다.
발꿈치 뒤에서 튀는 폭포소리
새들의 협화음 하얀 면사포 마냥
휘날리는 물방울 아리하게 날리니
나에게로 온 물줄기 반갑고 그리운 마음
온몸으로 인사한다.
그리는 정으로 맞아보니
폭풍 같은 열꽃으로 피어
대지를 파랗게 물들인다.
봄은 이렇게 내 마음에서
살살이꽃 무더기 속으로
아지랑이 되어 달려온다.

회한

사위어 가는 너의 모습을
어슴프레 차마 볼 수 없네.
도롱이 속에 숨겨진 회한이
먹구름되어 가슴으로 오네.
빗방울과 함께 후두둑 떨어진 자리에
감꽃이 드러누워 있네.
올라리 꼴라리 안타까움 달고
싸리울이 담장에 넘어져 있네.

꽃

화초 카탈로그를 펼쳐가면서
손으로 감각으로 눈웃음으로
처음 보는 꽃들과 인사를 한다.
설렘으로 꽃들과 마주하니
꽃향기가 영혼에 스며들어
황홀함으로 몸이 전율한다.
나만을 찾아 나에게로 온
꽃들과 만남
너만을 찾아 너에게로 간
꽃들과 이별
기쁨의 전령되어서
너와 나를 넘나들며
희희낙락 춤을 춘다.

정

세월이 가기는 흐르는 물 같고
사람이 늙기는 바람결 같다고
빈 허공을 향하여 무심하게 내뱉은
할아버지의 넋두리 속에서
서로의 시선을 끌어안으니
스름스름하게 키워온 정이 온 가슴을
미어지게 채운다.

모래집

떠난 길목에서 만난
되돌아온 길목은
해당화가 만개한 모래사장인데
혹하여 그 자리에 집을 짓는다.
또다시 떠내려갈 집을.

안부

들쑥날쑥한 안부가 일상이 되니
마음과 마음을 함께 끌어안아도
보일 둥 말 둥 저 산 넘어
구름 속에 있는 것 같은
펄럭임이 넋을 잃고 쓰러진
영혼을 깨우네.

세월·3

세월은 늙지도 않는가.
기적도 기차도 떠나간 텅텅 비어 있는 자리에
그리운 마음이 저 홀로 뭉클한 울림으로 있다.

제3부

꽃구름

호수 위에 하늘 궁창 내려앉자
하늘에서 피어난 꽃구름이 함께 와
구름 하나하나가 무지개가 되는구나.
아! 찬란한 아름다움이여!
오! 기가 막힌 황홀함이여!
하늘이여! 호수여! 사랑이여!

사진

어쩌자고 저리도 찍어 대는지
산과 들이 아파서 마냥 웁니다.
언젠가는 삼라만상의
아름다운 풍경보다는 사진이 온 지구를 덮어
숨쉴 구멍도 없이 니캉내캉 구별도 못 할까봐 웁니다.
찍으면서 설레고 찍다가 죽습니다.
동백 꽃잎 하나 입에 물자고 동백나무 그냥 쳐 죽입니다.
말도 안 되는 드라마 찍느라고 그 얼굴들은 얼마나 아팠을까.
각자의 가슴속에 감동으로 인화된 사진첩 하나 있다면
말없이 오고 가는 너와 나의 마음처럼 혼자 사랑할 텐데.

죽음

잠도 자고 꿈도 꾸고
밥도 먹고 드러누워
이 세상 모든 신에게 이쿵저쿵 조잘대다
니체가 신을 죽였듯이
감히 나도 모두 죽인다.
감당할 수 없음에 두려움에
돌돌 말려 죽음을 맞이한다.

비

어디서 뺨을 맞고
밤새워 유리창에 화풀이하던 비는
제풀에 숨죽이고 모아지듯 사라진
눈물방울 흘리며
구름 속에 감추어둔 안개비를 찾으려나
까치발로 도망가네.

바람길

고샅길로 들어서서
초가삼간 지붕 위에
덩그렇게 누워있는
황금빛 호박을 지표 삼아
그리움 찾아 휩쓸려 가며
이 골목 저 골목 싸다녀도
아련히 멀어져간
흐르는 강물 위에 바람길만 보이네.

아들과 손자

아홉 살 때,
(아들에게 받은 이메일)
William said (last night)
that when he was a baby,
he used to sometimes see himself from outside his
body.
He asked me what happened
and I told him that his spirit travelled outside his
body for just a moment.
He then said, how come
I can't do it anymore?
I said that when you become older,
it gets harder so you need to practice by
meditation.
He then said that he knows what meditation is.
He said that meditation is sitting down quitely and
to think about nothing...

He then said that it was hard to do and that the
best he can do is to think of a white wall.
I told him that it was a pretty good try.

But I also told him that the colour "white" is something, the "wall" is something and the "space" is also something.

After thinking about it, William said that it would be very hard or impossible to think about nothing but he will still try...

That's all.

손자

세 살 때,
산책길에서 내 손을 꼭 잡고
할머니, 할머니,
바람이 뭔 줄 알아?
나는 모르는데…
나무 밑으로 데려가 흔들리는 나뭇잎을 가리키며
할머니,
저게 바로 바람이야.
우루루 쾅 쾅 반짝이며
천둥 번개 치는 날,
할머니, 전기가 뭔 줄 알아?
나는 모르는데…
유리창 가로 내 손을 끌고 가
쩍쩍 갈라지는 번개를 보며
할머니,
저게 바로 전기야.
일곱 살 때,
아버지가 돌아가셔서
슬픔 때문에 무력증에서
헤어나지 못할 때
갑자기 내 눈을 빤히 쳐다보며

할머니, 할머니,
사람이 죽는다는 게 뭔 줄 알아?
나는 모르는데…
깨어나지 않는 꿈을 꾸는 거야.
할머니, 그게 바로 죽는다는 거야.
하지만 꿈속에서는 어디든지 날아다닐 수 있으니까
할머니 아빠도 만날 수 있어.
그러니까, 할머니, 울지 마.
이렇게 가슴을 흠뻑 적셔 줄
위로가 이 세상 어디에 있겠는가.

여명을 바라보며
Sun이 조용히 조용히 올라오는 색이라고
귀뜸해 줬던, 감당할 수 없이 귀하고
사랑스러운 나의 손자.

엄마의 잔소리·1

비단옷을 입고 밤길을 걷는 듯
누가 알아나 볼까 하지만
밤길을 오래 걷다 보면
어느 땐가 어느 길목에선
밤눈 밝은 사람도 만날 수가 있단다.
그런 만남이야말로 진정한 만남이라 여기고
누가 알아보든 말든 항상 비단옷을 입듯이
니가 너를 잘 가꿔라.
알아주지 않는 세상 얼마나 팍팍하겠냐마는
그래도 새벽은 오고야 말 것이니….

엄마의 잔소리·2

"아야, 여자가 마음속에 혼자만
간직할 수 있는 비밀이 하나쯤은 있어야
오묘한 멋이 있단다."
"뭐든지 그렇게 마음속을 털어내고 나면
얼마나 허전하겠느냐."
마음에 티끌은 커녕 스쳐가는 생각마저도
스스럼없이 말하는 나에 대해서 엄마는
항상 이렇게 말씀하셨다.

귀담아 듣지 않았다.
그냥 말조심하라는 정도로 흘려보냈다.
허망하다.
감추고 싶은 아니 간직하고 싶은 소중함을
헛헛이 흩어버리니
눈물이 먼저 울어 버리는 슬픔만 영혼에 남아
외로운 생각에 사위어만 간다.

아버지 말씀·1

용 꼬리보다는
뱀 대가리가 되어라.
여자는 술집에만 가지 말고
남자는 도둑놈만 되지 말고
너희들 하고 싶은 일을 해라.
그러나 한가지 너희들 모두
화초와 대화하면서 살아라.

아버지 말씀·2

꾸준히 같은 일을 해라.
오순도순 살아라.
이름 날려 덕을 쌓는 일은 나서지 않고 참는 거다.
손자 손녀가 할머니를 기억할 때
우리 할머니는 웃는 할머니로 기억할 수 있도록
항상 웃어라.

빛

하늘에서 분홍색이 춤추며 탈바꿈한다.
한순간 눈동자에 붉은색을 칠한다.
점점 강한 빛을 발하더니
온통 유리창을 깨 버린다.
바라보기조차 힘든 빛.
눈을 감아버리는 아침.

달빛

호수 위에 뱅뱅 도는
은은한 고운 달빛은 오기도 하고 가기도 하네.
마음에 밀려온 아릿한 달빛은
하얀 꽃 무더기 진 마당에 들어서네.
그리운 이 찾는 먹먹한 달빛은
임은 보이지 않고 빈 호수 위에
말간 그리움만 가득 채웠네.

무제·1

한 세상 살아가는 동안
지핌이 있어 달궈 지면 불구덩 속 함께 할텐데
오만가지 풋 잡념들 여우 꼬리로 흔들며 제멋대로 다가오네
정신을 바짝 차리고 허리춤 꼭 붙잡으니
목가적 마음자리에 뜸부기가 노래하며
비단구두 사가지고 울 오빠가 달려오네.

무제·2

아무렇게나 흐르는 생각
고삐없이 내달리는 마음
무작정 씨부리는 말모음
함께 격한 떨림 끌어안고
맺힌 한을 소쿠리에 담아
정처 없이 떠돌며 흐른다.

가다 저 멀리 있는 언덕 위에
지친 평안이 쉬어 갈 수 있게
빈 마음이라도 챙겼다면
빈 들판이라도 남겼다면
사삭스러운 심정으로 소곤거리며
아양 떨며 눈 가리고 아웅할텐데.

무제·3

오로라의 꿈결 같은 아름다운 순간이여.
마이센 도자기에 아롱져진 젊은 베르테르의 슬픔이여.
자신을 망각하는 숨겨진 사랑이여.
사상누각에 집을 짓는 담장 없는 허술함이여.

무제·4

소라 껍질 속에 숨어 있는 휑한 쓸쓸한 마음자리가
꼿발로 서, 기린 목 되어 누군가를 꼬빡 기다린다.
삶 속에 섞여 있는 죽음을 나 몰라라 팽개치고
훌쩍 눈멀고 가슴 없는 여행을
내가 너만을 불러 떠난다.
허무함을 배낭 한가득 담아 알쏭달쏭한 표정 지으면서
선잠에서 깨어난 물안개와 손에 손잡고 그렇게 떠난다.

무제·5

가을날 갈대꽃이 허공에서 춤추듯
가슴 속에 있는 멍에도 하늘하늘 날아가기를
기도하는 소녀의 예쁜 두 손을 보며
내 마음도 부탁한다. 내 흔들림도 부탁한다.

무제·6

파도도 쉬고 평화로운
유리알 같은 호수 위로
마음의 조각배 띄우자.

눈물로 깨끗이 씻어내린
말간 눈동자를 마주하며
가슴이 마냥 미어져 보자.

저물녘 스쳐 가는 떨림을
긴 밤 지나기 전 매달아서
꿈길 속으로 함께 가보자.

무제·7

몸이 불타고 있다.
불을 끌 수가 없다.
빨간 불덩이 속에서
정신없이 기절했다.
영혼까지 태워버리는
순간을 문신으로 남겨
뽀얀 부끄러움되어
한 줌의 재로 변한다.

무제·8

거짓이 뚝 떨어져 오염된
말도 안 되는 글쓰기 위해 얼마나 허공을 더럽혔을까.
거짓과 참 사이에서 피를 줄줄 흘리는 쪽은
참담한 참, 참뿐이네.
진정을 외면한 채 멋대로
세상사 저렇게 돌고 돌아 뿌린 대로 한 아름 거두어
향기 나는 예쁜꽃 속에 살든가,
냄새나는 쓰레기 속에 살든가,
문패 위에 이름 있으면 한번쯤 갸우뚱한다면
우리 세상 탱자 향기 가득한 새들 지저귀는 천국일 텐데…

제4부

나·1

나는 나를 극복하자
꽉 잡았던 헛다리도
날마다 꾸는 개꿈도
여지없이 사라졌다.
나는 나를 극복하자
영롱한 송이 이슬이

방울방울 진주되어
야무지게 나타났다.

나·2

힘겨운 한고비 넘기고
또 한 굽이 돌아서려고
굳게 마음 다져 보지만
한 겹 안개를 들춰 보니
내 모습이 하아 아까워
그냥 이 자리에서 폭삭
주저앉아 울고 싶어라.

나·3

내 마음속 낙엽을 누가 밟았나.
사각거리는 소리에 깜짝 놀라
소스라치는 마음 잡을 수 없네.
찡함에 체했나 가슴을 치니
메아리만 허공에서 맴돌 뿐
애처롭게 서성이는 나, 슬퍼.

나·4

희뿌연 창밖을 보고 있자니
저 건너 내가 나를 보고 있네.
종류별로 온몸에 못을 박고서 하나하나 망치질을 하고 있네.
박히는 너보다 바라보는 내가 더 괴롭고 자지러지게 아프네.
밀려오는 아픔을 외면해봐도
차가운 얼음 비가 나를 깨우네.
망치질을 멈추고 흐르는 피를 막아 주는
붕대를 찾아야 하네.

나·5

애태우면 애태울수록
멀리 저 멀리 달아나고
안타까움의 고개 넘어
내 인생이 흔들렸는데
내가 나를 찾아 멀고 먼
삼만리를 휘~돌다 오니
기다리는 애틋함이
작은 어린아이되어
내 품으로 돌아오네.
활짝 웃는 모습으로.

나·6

혼자 꿈꾸는 나는 섬이다.
순수한 진리 찾으려고 안전한 피난처에 있다.
뜬구름 이불 삼아 콧노래 흥얼흥얼
말썽쟁이 도깨비되어 성냥과 불놀이 하면서
타오르는 촛불에서
심장 박동을 느끼며
그렇게… 참말로
나는 섬이 되었다.

나·7

자연과 함께하는
자연을 사랑하는
자연의 향기 속에
곱게 늙어가면서
채도가 떨어지며
고귀함을 더하는
저녁처럼 되리라
노을처럼 아련한
고운 시가 되리라.

글·2

폭 삭아 체에 걸러 떨어지는 글.
벌통을 건드려 놓은 것 같은 글.
노여움과 분노와 뜨거움의 글.
햄릿이 오필리아를 능욕한 글
허공에서 춤을 추는 허망한 글.
번지는 산불처럼 멈추지 않는 글.
흰 구름 따라 내 허리춤에 걸린 글.
아, 꿈인가 생신가 나에게로 온 글.

글·1

뭔가를 써야지 하는 마음으로
글을 쓴다는 건 꿈에 떡 먹기다.
아무 때나 어디서나
바람처럼 얼핏 스치는
울컥한 사무침과 만나 애태우며
정처 없이 헛발질로 서성대다 불꽃처럼 튀는
요상한 마음을 확 휘어잡는다.
보내기 싫어서.

오늘·1

연둣빛 보리밭 위를 아지랑이 눈물되어
음매에 넘어가는 송아지 울음소리가
뒷산 소나무에 걸려 솔냄새되어 흐른다
강물되어 출렁인다.
송이송이 뿌리는 눈송이가
싱그러운 솔방울과 함께
사랑을 켜켜이 담았으니
순간인 오늘 하루가 서양란 향기 뿌리며
영원으로 내려온다.

오늘·2

빛이 뿌려지듯
반짝반짝 눈발이 날린다.
햇빛 속에
흩날리는 눈발은
산뜻함과 함께
상쾌하게 날아간다.
물고기 비늘같은
빤짝거림 으로
호수 위 길도 내 놓았다.
호수길 따라 마음길 따라
반짝거리는 눈발과
서쪽을 향해 가는 태양과
손에 손잡고 오늘을 가보자.

오늘·3

내 눈물이 빗물되는 시퍼런 깜깜한 새벽
상실과 무기력 속에서 숨 고르기를 하고 있다.
불씨를 품고 있는 나는 서서히 미쳐 가고 있다.
호수에 빨간 해가 떠올라 알몸으로 훌쩍 올라가면
벗어날 수 없는 굴레에서 오늘도 빙빙 돌아간다.

꽃비

꽃비 쏟아지는 날
속절없는 달빛도 무작정 쏟아지네.
꽃비 쏟아지는 날
살랑살랑 향기는 꽃잎 속에 숨었네.
꽃비 쏟아지는 날
애태우는 심사를 오작교에 남겼네.

해무

마음의 들녘에 해무가 몰려와

확 뒤집어 놨다.
심연의 끝자락에서 망울망울 울고 있는
너는 과연 누구인가?
이리로 오렴.
이리로 오렴.
이리로 오렴.
얇게 얇게 흩어져 파도를 달래가며
조개잡이 나서자.

너

그리움을 담아 끌려 나온 보고픔이
어렴풋이 아른거린다.
우련한 모습이 여운으로 남아
애간장을 갖고 노는 봄바람처럼 다가온다.
후두둑 떨어지는 소나기 소리에 이끌려
툇마루에 나서 보니 작약이 뭉게구름처럼
몽실몽실 피어있다.
맑은 향내 풍성한 너의 함박웃음처럼.

잔설

유리창 구석진 코너에 잔설이 아슬하게 남아
봄이면 들판에 스멀스멀 피어오르는 물안개처럼
꽃봉오리 위에 이슬처럼 애처롭게 살짝 얹혀 있다.

심청이

싱그런 연초록 향기 품고
아련한 강 건너 등불 따라
저 멀리 날아가는 물보라
샤프란 야래향 향긋한
연꽃을 치마폭에 담아
왕자님이 하아 사무쳐
눈 딱 감고 퐁당 떨어지는
야리야리한 물줄기를 보니
먼 옛날 심청이가 그립다.

야반도주

잠 못 이루는 밤, 쓰잘때기없이 수타면 만들 듯
단어 하나를 가지고 이리 늘리고 저리 늘리며 놀고 있는
초라함이 두드러지게 나타나는 건, 마음에 와닿는 글이
감동과 좌절을 함께 데리고 오기 때문이다.
누가 말렸던가, 마음을 울리는 글들을 채울 수 있는 건
책 속의 책뿐인데 새삼 안타깝고 허당하여 창밖에 시선을 돌리니
차 뒤꽁무니에서 나오는 빨간 불빛이 강물처럼 흐른다.
한참을 보고 있노라니 가슴속에 맴도는
따뜻함과 설레임이 설렁설렁 다가온다.
두근거림으로 다가온다. 함께 책 속으로 야반도주하자고.
달콤하게 속삭이며 다가온다. 얼른 따라나서자.
노랑 저고리 빨강 치마 입고서.

한

  비 오는 날은 팔다리 어깨 쑤심이 해녀의 숨비소리처럼
날궂이가 심하다.
  아픔도 친구삼아 빗속을 헤쳐 가는 길목에서 아슴푸레
들려 오는
  정겨운 목소리에 두 근 반 세 근 반 설레이며 바라본 저
하늘 끝에선
  어느새 홍조빛 노을이 붉게 물들어 촉촉하게 젖은 눈물
속에 아롱거려
  너와의 아스라함이 절절한 아픔으로 남아 있다.
  정이 많을수록 한은 자꾸만 깊어져 간다.

눈

미리미리 준비된 눈사태처럼 금방 쏟아져 내릴 것 같은
함박눈이 지붕 위에 앉아 솜사탕처럼 소복이 쌓여 있지만
내 손에 떨어지는 눈송이는 나의 뜨거움을 견디지 못하고
손가락 사이로 사르르 흘러 버리네.
아직도 눈을 보며 방방 뜨는 내 마음이
화롯불에 꽂아 놓은 인두되어 빨갛게 설레이네.
잡을 수 없는 너를 가까이 옆에 두면서 만지고 또 만지고 싶지만
형체도 없이 가버린 너를 바라보는 울컥한 내 마음이 서러움 되어
빗물되어 눈물 뚝뚝 흘리네.

그냥 운다

바람이 걸어가는 마음 길에 서서
바람을 맞으며 그냥 운다.

안개가 자욱하게 낀 눈동자도
소리 없이 흔들리며 그냥 운다.

출구 없는 방안에서 벽에 걸린
빨간 산을 바라보며 그냥 운다.

슬픔을 검부러기 속으로 묻어 봐도
비집고 나와서 그냥 운다.

아직도 이해할 수 없는 이 현실 속에서
온 세계가 그냥 운다.

김연숙 제3시집

산수유 빛 그리움의 얼굴을 닦으며

초판인쇄 2021년 02월 01일 **초판발행** 2021년 2월 05일

지은이 **김연숙**
펴낸이 **이혜숙**   펴낸곳 **신세림출판사**
등록일 **1991년 12월 24일 제2-1298호**

04559 서울특별시 중구 창경궁로 6, 702호(충무로5가,부성빌딩)
전화 **02-2264-1972**   팩스 **02-2264-1973**
E-mail : shinselim72@hanmail.net

정가 **10,000원**

ISBN **978-89-5800-226-0, 03810**